Bisher erschienen:

Band 1: Der verzauberte Spiegel
Band 2: Der magische Feuerberg
Band 3: Die vier Wildpferde
Band 4: Sturmwolkes Geheimnis
Band 5: Die verwunschene Eisprinzessin
Band 6: Das geheime Zauberschloss
Band 7: Das Einhornfohlen
Band 8: Der Schatz im Einhornwald
Band 9: Eine zauberhafte Verwandlung
Band 10: Die Magie der Meermädchen

Sandra Grimm

Silberwind
das weiße Einhorn

Die Magie der Meermädchen

Band 10

Illustriert von Carolin Ina Schröter

Loewe

FSC
www.fsc.org
MIX
Papier aus verantwortungsvollen Quellen
FSC® C109273

ISBN 978-3-7432-0060-9
2. Auflage 2021

Umschlag- und Innenillustrationen: Carolin Ina Schröter
Umschlaggestaltung: Elke Kohlmann
Printed in the EU

www.loewe-verlag.de

Inhalt

Neuigkeiten vom Waldsee

„Schneller, Silberwind, schneller!“, rief Jana und schmiegte sich glücklich an den warmen Hals ihres galoppierenden Pferdes.

Silberwind wieherte nur amüsiert. Janas Freunde ritten auf ihren Pferden dicht hinter ihnen den Weg entlang. Wenn Silberwind gewollt hätte, wäre er längst weit weg gewesen, denn er war kein normales Pferd. Er war ein Einhorn. „Die anderen müssen eine Chance haben“, fand er. „Ich möchte nicht, dass meine Pferdefreunde enttäuscht sind. Hör nur, wie sie sich anstrengen!“

Tatsächlich, nun hörte Jana es auch: Die anderen Pferde schnauften, um mit Silberwind mitzuhalten. Zum Glück kamen sie jetzt an den Feldweg, der zum Waldsee führte, das war ihr Ziel. Silberwind hielt an.

„Gewonnen!“, jubelte Jana.

„Ja, ja“, keuchte Jörgo. „Das ist unfair mit Silberwind. Eigentlich müsste er rückwärts galoppieren.“

Die anderen lachten, Jana grinste. Sie freute sich, dass sie alle wieder mehr Zeit hatten, seit in der Schule nicht mehr so viele Arbeiten geschrieben wurden. Maja, Kim und Adam ritten jetzt wieder öfter mit ihnen aus. Zum Glück kannten ihre Freunde Silberwinds Geheimnis, also musste Jana sich nicht verstellen.

Nun saßen sie ab und lobten ihre Pferde.

Als Letzte traf Merian am Ziel ein. „Ich ... bin ... langsam ...“, keuchte sie.

Jana lachte. „Du bist ja auch noch ein Fohlen“, sagte sie. Und das stimmte: Merian

war in die Gestalt eines hübschen kleinen Fohlens geschlüpft. Als magisches Wesen konnte sie sich von einem Menschen in ein anderes Wesen verwandeln. Diese Verwandlungen hatte Merian früher nur schwer kontrollieren können, aber jetzt klappte es immer besser. Nun war Merian wieder ein normales Mädchen und hielt sich die Seite. „Ich ... habe ... Seitenstiche“, japste sie. „Und mir ist total heiß.“

Jana reichte ihr die Wasserflasche. „Sollen wir mit den Pferden zum See gehen und dort Füße und Hufe kühlen?“, schlug sie vor.

Doch Maja zeigte auf das rot-weiße Band, das vorn über den Feldweg gespannt war. „Da ist abgesperrt, hast du das nicht gesehen?“

Oh, nein, das hatte Jana nicht bemerkt. „Warum?“, fragte sie.

„Der Waldsee wird zum Ferienpark umgestaltet“, wusste Adam. „Die bauen hier schon seit Wochen, hast du das gar nicht mitbekommen? Da macht irgendeine reiche Frau einen schicken Luxuspark draus. Ich frage mich, ob wir überhaupt noch dort baden dürfen.“

Kim rümpfte die Nase. „Warst du da schon mal? Der See ist düster und das Ufer eklig schlammig. Mich kriegen da keine zehn Pferde rein. Außerdem sind wir doch sowieso immer alle im Freibad. Ich glaube, da schwimmen nur die Urlaubsgäste drin."

Jana lächelte. Sie war mit Silberwind schon oft zum See geritten und fand es dort wunderschön: ruhig und ein bisschen verwunschen.

Jetzt mischte Jörgo sich ein. „Hey, habt ihr vergessen, dass wir morgen mit Herrn Stichling den Ausflug machen? Da sehen wir doch dann alles." Herr Stichling war ihr Lehrer und bemühte sich, seinen Schülern etwas über das Thema Wald und seine Lebewesen beizubringen.

„Was? Wir wandern hierher?", fragte Kim

entsetzt. „Ich dachte, wir gehen zum kleinen Teich neben dem Rathaus.“

Merian lachte. „Da sind nur ein paar ausgesetzte schicke Fische drin. Herr Stichling will uns einen echten Waldsee zeigen.“

Kim seufzte. „Das ist echt weit zu laufen“, stöhnte sie.

Die anderen lachten.

„Ich frage mich, ob wir überhaupt an den See dürfen“, grübelte Jörgo. „Die offizielle Eröffnung ist doch erst übermorgen. Immerhin ist hier ja auch abgesperrt.“

„Ach, Herr Stichling wird die reiche Dame mit seinem unwiderstehlichen Lächeln verzücken“, meinte Maja grinsend.

Jörgo ächzte. „Ich brauche jetzt ein Eis“, meinte er. „Jana, ich habe gesehen, wie deine Oma einen ganzen Karton voller Wassereis in die Tiefkühltruhe gebracht hat. Lasst uns zurückreiten."

„Um die Wette!", rief Jana und preschte mit Silberwind davon.

Diesmal wartete sie nicht auf die anderen, denn sie wollte noch ein bisschen länger das fantastische Gefühl genießen, mit ihrem Einhorn über die Reitwege zu fliegen. Auf Silberwind zu reiten, das war noch viel wundervoller, als auf normalen Pferden zu reiten. Denn auf dem Rücken des Einhorns gab es kein Schütteln und kein Ruckeln. Es war wie Schweben. Jana liebte es. Sie genoss den langen Ritt, spürte die warme Sonne auf ihrem Rücken und bewunderte Silberwinds langes, spitzes

Horn, das in den Sonnenstrahlen aufblitzte. Was hatte sie für ein Glück, Silberwinds Gefährtin sein zu dürfen!

Als Jana mit den anderen die Pferde gestriegelt und versorgt hatte, war Abendbrotzeit. Ihre Eltern, ihre Oma und deren Mann Frerk saßen bereits am Tisch.

„Da bist du ja“, freute sich Oma und goss ihr heißen Tee in die Tasse.

Janas Papa hielt seine Tasse auffordernd hoch. „Habt ihr schon von der Eröffnung des neuen Ferienparks gehört?“, fragte er, während Oma ihm den Tee einschenkte. Mit der freien Hand schob er sich ein halbes Leberwurstbrot in den Mund.

„Junge, beiß doch mal ab“, mahnte seine Mutter. Seine Mutter war Janas Oma und Jana fand es sehr lustig, wenn sie Papa wegen seiner Tischmanieren ausschimpfte.

„Isch war fom ewich nich mehr bort“, nuschelte Janas Papa. Dann schluckte er und fuhr fort: „Es wird ein Riesenspektakel mit Wettschwimmen, Quietscheentchen-angeln, Floßfahrten und Schnorcheln. Sogar

Tretboote soll es geben. Ich will unbedingt auf einem Surfbrett stehen und paddeln."

„Du kannst Stand-up-Paddeln?", fragte Jana erstaunt.

„Noch nicht", meinte Papa. „Aber ich bin sicher begabt dafür."

Oma lachte. „Du kannst nicht mal über einen Baumstamm balancieren", meinte sie.

„Kann ich wohl", verteidigte er sich.

Jana erzählte von ihrem Schulausflug.

„Das ist jetzt alles Privatgelände“, meinte ihr Papa. „Der Besitzer wird doch für übermorgen Vorbereitungen treffen, ich bin nicht sicher, ob ihr da einfach im See nach Tieren suchen dürft.“

Jana zuckte mit den Schultern. „Das wäre mir auch recht, ich watschele nicht so gern barfuß in matschigem Teichboden herum.“

Fliegende Steine und fliegende Fische?

Am nächsten Morgen wanderten sie mit Herrn Stichling zum Waldsee. Schon bald beschwerten sich die ersten Schüler: „Ist es noch weit?“

Da tauchte ein Schild vor ihnen auf: „Ferienpark am grünen Waldsee“. Es stand am Anfang des Feldweges, genau dort, wo Jana und ihre Freunde gestern noch mit ihren Pferden gestanden hatten.

„Das müssen sie gestern Abend noch aufgestellt haben“, staunte Jörgo.

„Grün?“, fragte Adam. „Das ist wohl geschwindelt. Das Zeug ist bestimmt schlammig braun.“

Maja und Kim kicherten.

Jana lächelte nur. Sie wusste, dass das Wasser tatsächlich wunderschön hellgrün war und silbern im Sonnenlicht glitzerte, wenn man früh am Morgen drum herum ritt.

Sie liefen den Feldweg hoch und erspähten durch die Büsche ab und zu den See. Von hier sah alles noch aus wie immer, fand Jana. Doch als sie durch das große Holztor traten und einen Blick auf die neue Anlage werfen konnten, blieb allen die Luft weg.

„Meine Güte“, entfuhr es Jörgo.

Ein weißes Herrenhaus erhob sich vor ihnen, rechts davon führten Wege zu lauter edlen kleinen Ferienhäusern weiter in den Wald hinein. Auf der Seeseite gab es ein Café mit großen Fenstern und hölzernen Terrassentischen mit gepunkteten Sonnenschirmen. Das steinige alte Ufer war zu einem einladenden Sandstrand mit einem langen Badesteg und hübschen bunten Badehäuschen umgebaut worden. Es sah alles sehr schick aus.

„Hier werde ich in den Ferien auf jeden Fall baden“, meinte Maja.

Die anderen nickten.

Während ihr Lehrer den Besitzer suchte, alberte die Klasse am Seeufer herum. Natürlich waren bald die ersten Schuhe nass und die Schüler quiekten und lachten.

Nur Merian war seltsam still. Jana stellte sich neben sie.

„Alles okay mit dir?“

Merian antwortete nicht und starrte nur eindringlich auf das grün schimmernde Wasser.

Da kam Herr Stichling zurück. „Wir dürfen uns umsehen“, rief er. „Das hier ist Frau Casa.“

Die Besitzerin trat nun auch zu ihnen und begrüßte sie freundlich. Sie sah nicht so aus, wie die Freunde sich eine reiche Dame vorgestellt hatten: Sie schien weder arrogant zu sein, noch war sie fein gekleidet, sie wirkte eher sportlich und sehr normal.

„Wie schön, dass ihr euch für den See interessiert“, meinte sie. „Es soll nicht nur ein Ferienpark für fremde Gäste sein, sondern auch für alle aus dem Dorf. Ich würde mich freuen, wenn ihr oft zum Baden kommt. Hier sind für jeden von euch drei Freikarten für den Sommer.“

Die Klasse jubelte.

„Und ich hoffe, ihr kommt morgen zur Eröffnung wieder“, sagte Frau Casa noch. Dann verabschiedete sie sich.

Herr Stichling führte die Klasse um den See und erklärte ihnen ausführlich, was an einem Waldsee so besonders war.

Jana hörte nur halb zu, denn sie musste immer wieder zu Merian sehen, die immer noch schweigend in das grünliche Wasser blickte.

„Jörgo, schau mal Merian an“, sagte sie und stupste ihren besten Freund an. „Die ist heute komisch.“

„Die ist doch immer ein bisschen komisch“, fand Jörgo.

Jana rollte die Augen. Typisch Jörgo!

Jörgo bückte sich und hob ein paar Steinchen auf, die er nach und nach in den See warf.

Plötzlich rief er: „Hey! Der Stein ist zurückgeflogen. Aus dem See!“

Die anderen kicherten. „Na klar, das waren die Fische“, meinte Adam.

Jörgo steckte beleidigt die Hände in die Taschen. „So ein Quatsch“, maulte er.

„Ich habe das Gefühl, ich sollte tief in den See tauchen“, murmelte Merian.

„Und ich habe das Gefühl, du spinnst“, erwiderte Jörgo und tippte sich an die Stirn.

„Nicht mehr als du!“, meinte Jana glucksend. „Hast du nicht gerade gesagt, dich würden die Fische mit Steinen bewerfen?“

Jörgo streckte ihr die Zunge raus.

„Ich war gestern am Kiosk“, berichtete Adam. „Die dicke Lotte wusste so einiges über den See.“ Die dicke Lotte war die Tratschtante des Dorfes. Sie lachte gern und hatte ihren Kosenamen selbst erfunden. Sie wusste alles und noch mehr. Deshalb durfte man nicht immer glauben, was sie sagte. „Sie hat erzählt, dass der Bürgermeister mal einen menschengroßen Fisch aus dem Fluss geholt hat“, fuhr Adam fort.

Alle lachten. „Wer hat da jetzt zu viel Fantasie, die dicke Lotte oder der Bürgermeister?“, fragte Jörgo.

„Es kommt noch besser“, meinte Adam. „Sie selber hat vor zwei Tagen einen blauen Fisch über das Dorf fliegen sehen.“

Jetzt gab es kein Halten mehr und sie kicherten und lachten. Herr Stichling hatte große Mühe, sie noch für die heimische Tierwelt zu interessieren. Schließlich gab er auf und scheuchte seine aufgeregte Klasse wieder Richtung Schule. Sie waren schon fast durch das große Tor gegangen, da bemerkte Jana, dass Merian fehlte. Sie drehte sich um und entdeckte ihre Freundin, die noch am Seeufer stand und so aussah, als würde sie gleich hineinspringen wollen.

„Merian?“, fragte sie.

Merian zuckte zusammen, als wäre sie gerade aus einem Traum erwacht. Sie wandte sich Jana zu, doch ihr Blick war abwesend.

„Komm!“, rief Jana.

Merian nickte und ging zu Jana, die sie gleich unterhakte.

„Woran denkst du denn heute nur?“, wollte Jana wissen.

Doch Merian war so in Gedanken, dass sie nicht antwortete. Also ließ Jana sie in Ruhe. Sie nahm sich vor, später noch einmal nachzufragen.

Was hat Merian nur?

Den restlichen Schultag redete die ganze Klasse über die Eröffnung des Ferienparks.

„Das wird total cool“, sagte Maxim. „Angeblich kann man sich auf dem Floß an einem Seil über den See ziehen.“

„Die dicke Lotte hat gesagt, es gibt eine alte Sage über ein Seeungeheuer im Waldsee“, wusste Kim.

„Deshalb auch die Luftblasen“, sagte Maja.

„Unser Nachbar hat erzählt, die Wasseroberfläche brodelt."

„Na ja, heute hat sie nicht gebrodelt", meinte Jana trocken.

„Beim Bäcker hat jemand behauptet, er hätte eine riesige, schillernde Schwanz-

flosse im See gesehen“, erzählte Maxim grinsend.

„Nicht zu vergessen der fliegende blaue Fisch, den die dicke Lotte entdeckt hat“, warf Kim kichernd ein.

Jana schüttelte den Kopf. Was für einen Blödsinn jetzt alle erfanden!

Plötzlich flüsterte Merian ihr zu: „Ich möchte da heute noch einmal hin.“

„Was, wohin?“, fragte Jana.

„Zum See.“ Merian biss angespannt auf ihre Unterlippe. „Da war irgendetwas, das mich wie magisch angezogen hat. Ich weiß auch nicht ...“ Sie wurde rot.

„Vielleicht hat es etwas mit meinem Geheimnis zu tun. Bitte Jana, kommst du mit?“

Jana runzelte die Stirn. Natürlich wollte Merian gern etwas mehr über sich erfahren. Bisher wusste sie nur, dass sie ein magisches Wesen war, das sich verwandeln konnte und damit auch die Eigenschaften des jeweiligen Tieres oder Wesens annahm. Doch wozu diese Gabe gut war, wusste sie nicht. Jana konnte gut verstehen, dass Merian ihrem Bauchgefühl folgen wollte.

„Ich muss mich heute Nachmittag erst um Silberwind und Wirbelwind kümmern, ich hab's versprochen“, sagte sie. „Komm doch später zu mir, okay? Du kannst dann bei mir übernachten.“

Merian nickte. „Ja, das passt. Ich habe

vorher sowieso noch Gitarrenunterricht. Soll ich so gegen fünf da sein?“

Jana nickte.

Nach dem Mittagessen lief Jana sofort zu Silberwind, doch nur sein zappeliges Fohlen Wirbelwind stand am Zaun und wieherte fröhlich. Es stupste mit seiner kleinen feuchten Nase gegen Janas Arm.

„Hallo, Wirbelwind“, lachte Jana und kraulte das putzige kleine Fohlen. „Wie geht es dir? Du wächst jeden Tag, glaube ich. Bald bist du größer als ich!“

Wirbelwind wieherte stolz. „Schau, wie schnell ich bin“, sagte er und raste los. Seine schmalen Beine wirkten immer noch zu lang für den kleinen Körper, doch schon galoppierte er blitzschnell über die bunte Wiese.

Als Wirbelwind zurückkam, fragte Jana: „Wo ist denn dein Papa?“

Wirbelwind schnaubte. „Keine Ahnung, irgendwo im Wald. Ich habe gesagt, dass ich mal allein mit dir spielen will.“

Jana lachte. Wie glücklich das süße Fohlen sie immer machte. Es war so niedlich! „Na, dann mal los, du kleiner Racker“, sagte sie und kletterte über den Zaun, um mit dem jungen Einhorn zu spielen. Sie ließ es über Hindernisse springen, die sie aus Ästen baute, lief mit ihm um die Wette, wobei er natürlich immer gewann, und zählte, wie schnell er einmal um die Wiese rennen konnte. Der Nachmittag verging wie im Flug.

Erst als Merian sie mehrmals vom Zaun aus rief, merkte Jana, wie spät es schon war. Sie kraulte Wirbelwind ein letztes Mal und flüsterte: „Lauf zu deinen Eltern, bis morgen.“ Das Einhornfohlen flitzte davon und Jana ging zu Merian.

„Hey!“, sagte sie fröhlich.

Doch Merian sah nicht glücklich aus. „Meine Mama hat mich noch gebeten, mit zu Oma und Opa zu fahren. Jetzt ist es schon nach sechs. Können wir noch an den See?“

Bevor Jana darüber nachdenken konnte, kamen Maja, Kim und Adam auf sie zu. Sie hatten Jörgo im Schlepptau, der frisch geduscht aussah.

„Hallo ihr zwei“, rief Maja strahlend. „Überraschung! Wir haben Jörgo schon aus der Dusche geklingelt und jetzt holen wir euch: Heute machen wir ein Lagerfeuer!“

Jana sah sie erstaunt an. „Wo denn?“

„Na hier – wenn das in Ordnung ist“, sagte Maja. „Dein Papa hat doch neulich gesagt, dass ihr eine neue Feuerstelle errichtet habt."

Jana lächelte. „Stimmt, auf der anderen Seite des Hauses, wo der Rauch die Pferde nicht stört. Kommt, ich zeig es euch."

Sie liefen um das Haus herum und kamen an den neuen Lagerfeuerplatz. Janas Papa stand schon dort und schichtete Holz auf. Er grinste, als er die Freunde sah.

„Ah, ihr hattet dieselbe Idee wie ich, was? Na, dann helft mir mal."

Begeistert holten sie Holz, Bänke, Kissen, Getränke, Geschirr und Besteck. Janas Oma hatte Stockbrot vorbereitet und ihre Mutter hatte Salat gemacht.

Bald saßen sie gemeinsam um ein flackerndes Feuer, brieten Stockbrot und lauschten Frerks Geschichten. Jana fand es äußerst gemütlich. Bis ihr Blick irgendwann auf Merian fiel. Sie starrte mit unglücklicher Miene in das Feuer.

Jana setzte sich neben sie und flüsterte: „Merian, ich hab's ganz vergessen, entschuldige bitte“, sagte sie. „Aber wir gehen doch morgen sowieso alle zur Eröffnung. Da können wir beide ja auch mal allein herumwandern, okay?“

Merian nickte. Doch Jana sah, wie enttäuscht sie war. Sie legte ihren Arm um Merian und begann, leise ein Lied zu singen. Bald fielen alle ein und sie sangen gemeinsam, bis das Feuer abgebrannt war und es kühl wurde. Die anderen verabschiedeten sich, nur Jana und Merian gingen ins Haus. Sie gingen rasch zu Bett, denn das Dunkel draußen hatte sie schläfrig gemacht.

„Gute Nacht, Merian“, flüsterte Jana.

Doch Merian schien schon zu schlafen.

Jana hörte Silberwind noch einmal wiehern und überlegte, ob sie ihrem Einhorn gute Nacht sagen sollte, doch da fielen ihr die Augen zu und sie schlief ein.

Das Geheimnis im See

Am nächsten Morgen wurde Jana von demselben Wiehern geweckt. Sie reckte und streckte sich, dann blickte sie zu Merian hinüber – doch deren Schlafsack war leer.

„Merian?“, fragte Jana und rieb sich verschlafen die Augen. „Es ist doch erst kurz nach acht“, murmelte sie. Wieder ertönte Silberwinds Wiehern.

„Ja, ja, ich komm ja schon“, meinte Jana

und krabbelte aus dem Bett. „Doch zuerst dusche ich mal ganz in Ruhe."

Merian kannte sich bei ihnen aus, sie saß sicherlich schon mit Oma unten am Frühstückstisch. Einige Zeit später tappte Jana die Treppe hinunter, mittlerweile ganz wach und mit knurrendem Magen.

„Guten Morgen“, rief ihre Oma. „Tee?“

Jana nickte. Sie griff sich ein Brötchen, bestrich es dick mit Marmelade und kaute zufrieden. Nachdem sie es verputzt hatte und schon nach dem nächsten schielte, fragte sie: „Wo sind denn die anderen? Und wo ist Merian hin?“

Ihre Großmutter warf ihr einen fragenden Blick zu. „Ihr seid die letzten, die aufgestanden sind, alle anderen haben schon gefrühstückt. Und Merian sollte doch oben sein, oder?“

Jana runzelte ihre Stirn. „Nein, ist sie nicht.“ Sie sprang auf. Plötzlich erinnerte sie sich an Silberwinds drängendes Rufen. „Oh, oh“, murmelte sie und rannte hinaus. Nun vernahm

sie auch wieder das Wiehern, das unter der Dusche und in der Küche nicht zu hören gewesen war.

Silberwind trappelte angespannt von einem Huf auf den anderen. „Wo bleibst du denn, Jana?“, fragte er ungeduldig. „Ich kann ja schlecht an die Haustür gehen und klingeln.“

„Entschuldigung“, sagte Jana.

„Merian ist am Waldsee“, erwiderte Silberwind. „Sie ist früh am Morgen aus dem Haus geschlichen. Und ich spüre dort viel magische Energie, wir sollten nach ihr sehen.“

Janas Herz schlug schneller. Merian war allein am See? Hoffentlich war sie nicht in Gefahr!

Rasch stieg sie auf Silberwinds Rücken. Sofort spürte sie seine Wärme und griff in die weiche Mähne. „Lass uns losfliegen“, flüsterte sie ihm ins Ohr.

Das Einhorn trabte über die Wiese, sprang über den Zaun und galoppierte den Feldweg zum Deich entlang. Jana schloss die Augen. Sie spürte die kühle Luft im Gesicht und genoss den magischen Ritt, der sich anfühlte, als schwebten sie dahin.

Sie näherten sich dem See und zwängten sich durch das grüne Gestrüpp. Sofort entdeckten sie Merian, die in der Nähe des Ufers im Wasser schwamm.

Silberwind schnaubte amüsiert.

„Was?“, fragte Jana verwirrt, wandte sich aber gleich Merian zu: „Komm da raus“, sagte sie und sprang von Silberwinds Rücken.

„Ich kann nicht“, sagte Merian.

„Warum?“, rief Jana erschrocken. Hatte Merian sich vielleicht im Schilf verfangen? Oder hielt sie womöglich etwas Magisches unter Wasser fest?

Doch Merian antwortete: „Ich habe keine Füße.“

Jana stutzte. „Was?

„Ich habe keine Füße mehr“, erklärte Merian. Sie zuckte lächelnd mit den Schultern und hob die Arme. Dann tauchte sie mit einem Kopfsprung ins Wasser. Und was Jana dabei entdeckte, verschlug ihr die Sprache: Merian hatte einen Fischschwanz als Unterkörper! Grün und blau schillerte er zwischen den Wassertropfen. Jana stand einen Moment lang still da und starrte fassungslos auf das Wasser. Doch als die Oberfläche ruhiger wurde und Merian nicht wieder auftauchte, wachte sie aus ihrer Starre auf.

„Silberwind, was war denn das?“, fragte sie mit zitternder Stimme. „Soll ich ihr nachspringen?“

„Alles gut, Jana, Merian ist jetzt ein Meermädchen und kann unter Wasser atmen“, beruhigte Silberwind sie.

„Sie ist ein Meermädchen?“, rief Jana verblüfft. Dann fiel ihr wieder ein, dass Merian ihre Gestalt ändern konnte. „Ach so, ja ...“ Sie kratzte sich am Kopf. „Aber warum? Will sie das mal ausprobieren? War das die magische Energie, die du gefühlt hast?“

Silberwind schnaubte wieder. Es klang ein bisschen so, als würde er Jana auslachen. „Warte einen Moment“, sagte er.

Jana seufzte und stierte so angestrengt auf das Wasser, dass ihre Augen tränten. Endlich tat sich etwas. Das Wasser brodelte. Es tat *was*? Ja, wirklich, es brodelte tatsächlich! Also war an diesen Geschichten der Leute im Dorf doch etwas dran.

Merians Kopf tauchte aus dem See auf. „Hey, Jana, möchtest du meine neuen Freundinnen kennenlernen?“, fragte sie.

Jana legte den Kopf schief. „Neue Freunde? Fische?“

Im selben Moment tauchten drei weitere Köpfe aus dem Wasser auf. Es waren junge Mädchen, wie Merian. Braune lockige Haare umrahmten ihre blassen Gesichter und unter langen Wimpern schimmerten ihre grünen Augen

im Sonnenlicht. „Hallo!“, sagte eine von ihnen freundlich. „Schön, dich kennenzulernen.“

Jana verbeugte sich. Dann wurde sie rot. Weshalb verbeugte sie sich denn? Doch die Meermädchen senkten ebenfalls höflich ihre Köpfe.

Merian strahlte. Langsam kam sie aus dem

Wasser und ihre Beine sahen wieder aus wie immer.

„Das war die magische Energie? Drei Meermädchen?“, flüsterte Jana Silberwind ins Ohr.

Er nickte.

„Sie brauchen unsere Hilfe“, erklärte Merian. „Frau Casa hat den See verändert, damit hier Badegäste schwimmen können.“ Sie hielt inne, als es neben ihnen raschelte.

Die Meermädchen waren im Wasser verschwunden.

Jemand rief: „Hallo?“

Jana verzog das Gesicht. Ausgerechnet jetzt!

„Hallo!“ Frau Casa schob sich durch die dichten Sträucher, die den See vom Zufahrtsweg abgrenzten.

Jana drehte sich zu Silberwind. „Hat sie die Meermädchen gesehen?“, wisperte sie.

Silberwind schnaubte leise. „Nein, ich habe die Mädchen gewarnt, als ich gemerkt habe, dass sie aus dem Auto aussteigt.“

„Danke“, wisperte Jana.

„Ich habe euch vom Weg aus durch die Bäume gesehen“, sagte Frau Casa nun. Sie lächelte. „Ich erinnere mich an euch, ihr wart gestern mit der Klasse hier. Es ist toll, dass der See euch so begeistert, aber könntet ihr bis zwölf Uhr warten?“ Sie sah die Mädchen bittend an. „Wir werden jetzt anfangen, alles aufzubauen, und das Fest soll doch eine Überraschung für alle werden.“

Jana lächelte und schämte sich ein bisschen. Frau Casa musste sie für sehr unhöflich halten. „Natürlich, wir verschwinden wieder“, sagte sie und winkte Merian, die dabei war, sich Hose und Pullover anzuziehen. Danach schwangen sie sich nacheinander auf Silberwind. Jana winkte Frau Casa zum Abschied zu und sie lächelte freundlich zurück.

Ein guter Plan

„Die ist echt nett“, sagte Jana, als sie aus den Sträuchern herausgeritten waren.

Doch Merian stöhnte: „Das ist furchtbar, wir müssen den Meermädchen helfen!“

„Was machen sie denn im See?“, fragte Jana neugierig. „Ich dachte, die gibt es nur im Meer.“ Dass sie eigentlich bisher gedacht hatte, es gebe sie überhaupt nicht, verschwieg sie lieber.

„Nein, sie können auch in Flüssen leben", erklärte Merian. „Diese drei kommen immer wieder mal in den Waldsee, weil er so herrlich ruhig ist und das Wasser im Mondlicht so wundervoll glitzert."

„Sie machen also eine Art Mitternachtsparty hier?"

Merian lächelte ein bisschen, was Jana freute. Doch dann blickte sie wieder ernst. „Es tut mir leid, Jana, ich übernehme die Gefühle der Mädchen. Sie sind ängstlich und verzweifelt, deshalb bin ich es auch. Bitte, wir müssen ihnen helfen."

„Stimmt. Ruhig ist es hier bestimmt nicht mehr. Wieso schwimmen sie nicht einfach aus dem See heraus?", wollte Jana wissen.

„Die Bauarbeiter haben gestern den einzigen Zufluss einbetoniert und mit einem Gitter verschlossen. Zur Sicherheit der Badegäste. Die Meermädchen haben sich so lange in die hinterste Ecke des Sees zurückgezogen. Doch als die Bauarbeiter endlich fort waren, war auch der Weg in die Freiheit verschwunden.“

Jetzt wurde auch Jana etwas mutlos. „Das heißt, sie können nicht nach Hause zurück. Sollen wir das Gitter abschrauben? Aber wie soll das gehen? Ich kann so etwas gar nicht und außerdem ist es heute voller Menschen. Die Meermädchen müssen bis morgen warten, dann können wir uns in Ruhe um das Gitter kümmern."

Merian jammerte: „In wenigen Stunden ist am See die Hölle los! Die Meermädchen fürchten, entdeckt zu werden, außerdem haben sie schreckliche Angst wegen des Lärms. Der See ist nicht so tief, sie können sich kaum verstecken. Sie möchten nur noch nach Hause. Wir müssen sie vor dem Fest retten!"

Das sah Jana ein. „Hast du eine Idee, Silberwind?", fragte sie ihr geliebtes Einhorn.

„Nein, für die Ideen bist du zuständig", meinte Silberwind. „Aber ich denke, wir sollten Merian erst einmal nach Hause bringen."

Sie ritten gemeinsam zum Reiterhof. Jana wollte ihre Oma nach einer Lösung fragen, immerhin war sie jahrelang Silberwinds Gefährtin gewesen und hatte so manches Abenteuer mit ihm bestanden.

Ihre Oma brühte sich gerade einen Kaffee auf. Sie war allein in der Küche, sodass Jana und Merian ihr alles berichten konnten.

Oma verstand sofort. „Meermädchen habe ich leider nie kennengelernt", sagte sie. „Müssen sie denn die ganze Zeit im Wasser bleiben?"

Merian schüttelte den Kopf. „Sie atmen auch Luft, aber sie können sich wirklich schlecht außerhalb des Wassers fortbewegen, wir müssen sie tragen."

„Puh", meinte Oma und strich sich durch das kurze Haar.

Es klopfte an der Küchentür und Jörgo kam herein. Als er Jana, Merian und Oma mit ihren nachdenklichen Gesichtern sah, wurde er stutzig. „Ihr macht doch etwas Geheimes, oder?"

Jörgo sorgte sich ständig, dass Jana durch ihre Abenteuer sauste, ohne ihn mitzunehmen.

Doch er war besänftigt, als Jana sagte: „Jörgo, gut, dass du da bist!" Rasch erzählte sie ihm, worum es ging.

„Kann Silberwind nicht etwas zaubern?“, fragte Jörgo. „Vielleicht kann er sie in Fische verwandeln. Oder in Menschen, so wie Merian sich auch verwandeln kann.“

Jana runzelte die Stirn. Sie glaubte nicht, dass Silberwind so etwas konnte, das hätte er ihr sicher schon vorgeschlagen.

Doch Merians Gesicht hellte sich auf. „Die Idee ist gar nicht so schlecht. Sie können sich zwar nicht verwandeln, doch als ich mit ihnen im See herumgetobt bin, haben sie sich manchmal verkleinert. Eines der Mädchen war zwischendurch nicht größer als eine Katze, würde ich sagen.“

Jana klatschte in die Hände. „Das ist es! Dann nehmen wir drei Eimer und tragen sie einfach aus dem See hinaus. In einen Eimer müssten sie doch passen.“

Jörgo grinste. „Zumindest unsere Stallkatze kringelt sich gern in die Futtereimer der Pferde und schläft dort."

„Okay!", rief Jana. „Es ist zehn Uhr dreißig, wir haben noch genau eineinhalb Stunden Zeit."

Gemeinsam beugten die vier sich über den Küchentisch und heckten einen Plan aus. Schließlich fasste Jana zusammen: „Also: Jörgo, du trommelst Maja, Kim und Adam zusammen und ihr fahrt mit den Rädern an den See. Dort bietet ihr eure Hilfe an oder so, euch fällt schon etwas ein. Solltet ihr merken, dass wir am anderen Ende des Sees Schwierigkeiten bekommen, lenkt ihr ab, indem ihr die Aufmerksamkeit auf euch zieht."

„Wie denn eigentlich?", fragte Jörgo.

„Egal, zur Not fällt einer ins Wasser oder tut so, als hätte er sich den Fuß verknackst", meinte Jana. Jörgo nickte.

„Merian und ich reiten mit Silberwind von hinten an den See", fuhr Jana fort. „Dort lassen wir die Meermädchen in die Eimer schwimmen und bringen sie an den Fluss."

„Am besten, ihr reitet zur alten Flussbrücke", schlug Oma vor. „Dort ist selten jemand unterwegs und ihr seid ungestört."

Jana war zufrieden. „Und was machst du, Oma?"

„Ich spaziere mit meinem Schatz zum See“, sagte sie lachend.

„Welcher Schatz?“, fragte Jörgo verwirrt.

„Na, Frerk“, meinte Oma und wie aufs Stichwort kam ihr Ehemann in die Küche.

„Ach so.“ Jörgo wurde rot.

„Hallo“, sagte Frerk. „Trinken wir Kaffee?“

Oma nickte.

Doch Jana, Merian und Jörgo hatten es eilig und rannten los.

So war das nicht geplant!

Zunächst klappte alles wie am Schnürchen.

Silberwind fand ihren Plan gut und sie jagten zum Waldsee. Schon unterwegs bemerkten sie, dass auf den Straßen viele Fahrräder unterwegs waren, und auf der Zufahrtsstraße zum See parkten tatsächlich schon eine Menge Autos. Die Besucher für die Eröffnung kamen!

Es gelang ihnen, unauffällig durch Bäume

und Hecken zum hinteren Ufer zu schleichen. Silberwind blieb im grünen Dickicht stehen, während die Mädchen sich zwischen den Sträuchern duckten. Sie blickten über den See und rissen die Augen auf. Aus dem stillen Waldsee war ein bunter Badepark geworden: am Ufer lagen mehrere Tretboote und ein Floß, jemand ruderte in einem Boot quer über den See. Am Badestrand liefen sehr viele Menschen herum und spannten die Schirme auf, deckten die Tische und wuselten sonstwie herum.

„Oje, wir müssen die armen Meermädchen wirklich rausholen“, flüsterte Jana. „Und zwar schnell.“ Dann schlug sie sich vor die Stirn. „Merian, wir haben die Eimer vergessen!“, zischte sie.

Merian erstarrte.

„Geh du rein und erzähle den Meermädchen alles, ich besorge Eimer“, flüsterte Jana.

Merian zog ihr Kleid aus, huschte im Badeanzug zum Wasser und glitt fast lautlos hinein. Jana sah sich unruhig um, doch niemand hatte sie bisher bemerkt. Fieberhaft überlegte sie, woher sie nun Eimer holen sollte. Zurückreiten? Das würde zu lange dauern. Dann hatte sie eine Idee. Sie rannte geduckt durch die Sträucher zum Feldweg und fand auch gleich eine Frau, die gerade aus ihrem Auto stieg.

„Entschuldigung, haben Sie vielleicht eine Tüte?“, fragte Jana. „Meiner Freundin ist übel, es wäre toll ...“

Die Frau nickte und griff unter den Autositz. „Habe ich immer dabei“, sagte sie lächelnd und drückte Jana eine Plastiktüte in die Hand.

Jana bedankte sich und flitzte davon. Ob eine Tüte reichen würde für drei Meermädchen? Hoffentlich platzte sie nicht, wenn Jana sie mit Wasser füllte!

Als sie zurück zu Merian kam, streckte diese gerade wieder ihren Kopf aus dem Wasser. Sie strahlte Jana an. „Alles klar“, sagte sie. „Die Mädchen wissen Bescheid.“ Merian entdeckte Janas Tüte und kicherte. „Nicht sehr überzeugend, was du da angeschleppt hast.“

Jana zuckte nur hilflos mit den Schultern. „Etwas anderes gab es so schnell nicht.“

Doch Merian grinste nur. Wenn sie wirklich

die Gefühle der Meermädchen annahm, mussten diese sehr glücklich über den Fluchtplan sein.

„Schon gut“, sagte Merian. „Sie können auf Amselgröße schrumpfen. Zu groß für das Absperrgitter, aber klein genug für deine Tüte. Gib sie mir mal.“

Doch in diesem Moment rief jemand: „Was macht ihr denn da?“ Zwei Männer in blauen T-Shirts kamen auf sie zu. „Hier solltet ihr nicht baden“, sagte der jüngere von beiden.

„Ich bin Maik und wir sind von der Wasserrettung, wir passen heute auf“, erklärte er. „Ihr badet besser nur vorn, hier hinten ist es mit den Booten zu unübersichtlich. Was macht ihr überhaupt schon hier?“ Er lachte. „Ihr könnt es wohl kaum abwarten!“

Merian starrte ihn nur entsetzt an.

„Äh ...“ Jana versuchte, sich rasch eine Erklärung auszudenken. „Wir ... wir waren gestern schon einmal hier und da hat meine Freundin ihre Brille im Wasser verloren, ihre Sonnenbrille. Die wollten wir schnell holen.“

Die Männer grinsten. „Ich fürchte, die werdet ihr zwischen Schilf und Schlamm nicht mehr finden. Kommt doch mit nach vorne. Vielleicht hat gestern einer der Arbeiter etwas gefunden.“

Merian schritt langsam aus dem Wasser und blickte Jana dabei verzweifelt an.

In diesem Moment ertönte vom Strand her lautes Geschrei. Sie blickten alle über den See. Eine Gruppe von Kindern kreischte und gestikulierte wild. Offenbar war jemand ins Wasser gefallen und zappelte nun dort herum. Direkt daneben hielt jemand seinen Fuß und humpelte.

Jana grinste Merian an. Das waren Jörgo, Adam, Maja und Kim. Sie halfen ihnen!

„Da müssen wir hin“, sagte Maik. „Wir sehen uns gleich am Strand, ja?“ Die beiden Männer joggten los.

„Schnell, die Tüte“, wisperte Merian. Sie nahm Jana den Plastikbeutel ab und zog ihn sanft durchs Wasser. Zum Glück war er recht stabil, denn als Jana ihn übernahm,

war er sehr schwer. „Hoffentlich reißt sie nicht“, meinte sie.

Merian trat aus dem See und zog ihr Kleid über. „Du machst das schon“, sagte sie. „Ich gehe nach vorn, damit die Männer beruhigt sind. Bring du die Mädchen zum Fluss.“

Jana sah sie erstaunt an. „Du bist so ruhig.

Sind das die Gefühle der Meermädchen oder deine?“

Merian lächelte. „Beides“, sagte sie. „Die Meermädchen sind tatsächlich sehr erleichtert. Aber ich bin auch glücklich, denn sie kannten mein Geheimnis. Ich weiß jetzt, warum ich mich verwandeln kann!“

„Warum?“, fragte Jana gespannt.

„Ich bin ein Schutzgeist“, erklärte Merian strahlend. „Schutzgeister beschützen magische Wesen und helfen ihnen, wenn sie in Schwierigkeiten sind. Sie können mehr spüren, riechen und hören als andere. Jeder Schutzgeist hat eine besondere Gabe, einige können unsichtbare Mauern oder Schutzblasen entstehen lassen.

Meine Fähigkeit ist, dass ich mich verwandeln kann."

„Das ist ja fantastisch", meinte Jana begeistert. „Oh, Merian, ich freue mich für dich. Woher wissen es die Meermädchen?"

Merian grinste. „Ihre Tante ist eine uralte Meeresschildkröte. Sie erzählt ihnen Geschichten, seit sie klein sind. Darunter war auch eine über die seltenen Schutzgeister. Toll, oder?"

„Genial", meinte Jana.

Im Hintergrund wieherte Silberwind leise.

„Ja, du hast recht, ich komme", sagte Jana. „Bis später, Merian."

Sie lief zu Silberwind, aber mit der Tüte konnte sie nicht gut aufsteigen. „Lass uns auf den Feldweg gehen", meinte sie.

Während Merian den schmalen Pfad am Ufer entlangtappte, zwängte Jana sich mit Silberwind durch die Büsche zur Straße. Dort strömten jetzt immer mehr Besucher zum Eingang. Und mitten unter ihnen waren – Oma und Frerk!

„Oma, was machst du hier?“, fragte Jana verblüfft.

Ihre Großmutter lächelte nur. „Ich dachte, du könntest das hier brauchen“, sagte sie und hielt einen Eimer mit passendem Deckel hoch.

Jana umarmte sie.

„Frerk, du musst einmal wegschauen, das hier ist ein Geheimnis“, sagte Oma.

Ihr Mann seufzte. „Immer diese Geheimnisse“, klagte er, aber Jana konnte hören, dass er dabei schmunzelte. Er drehte sich brav um. Vorsichtig schüttete Jana die Meermädchen mitsamt Wasser in den Eimer. „Bis gleich“, flüsterte Jana und schloss den Deckel. Dann drückte sie ihrer Oma einen Kuss auf die Wange. „Danke dir. Kannst du gleich nach meinen Freunden sehen? Ich bin nicht sicher, ob einer von ihnen sich wirklich den Fuß verknackst hat oder ob sie Ärger bekommen haben ...“

Oma lachte. „Ja, ich kümmere mich darum. Ihr seid schon eine tolle Truppe. Nun bring du die Mädchen in Sicherheit.“

Jana nickte und ließ sich noch auf Silberwind hinaufhelfen. Dann nahm sie den Eimer vor sich und ritt langsam davon.

Auf Wiedersehen!

Silberwind kannte die alte Flussbrücke natürlich und galoppierte in sanftem Tempo dahin. Es dauerte nicht lang, bis sie die Brücke erreichten. Jana sprang ab und nahm den Eimer von Silberwinds Rücken. Es war weit und breit keine Menschenseele zu sehen, offenbar waren alle beim großen Fest.

Jana trug den schweren Eimer zum Ufer

und öffnete den Deckel. Die drei Meermädchen zappelten aufgeregt in dem grünen Seewasser. Vorsichtig kippte Jana den Eimer zur Seite, damit die Mädchen in das Flusswasser gleiten konnten – doch sie sprangen schon vorher aufgeregt heraus.

Jana lachte. Sie freute sich für die Meermädchen, die im nächsten Augenblick in ihrer normalen Größe die Köpfe aus dem Wasser steckten.

„Danke dir, Jana“, sagte die Älteste von ihnen. „Es ist sehr nett, dass ihr uns gerettet habt. Richte auch deinen Freunden unsere Grüße aus. Mit Merian haben wir schon vereinbart, dass sie uns bald besuchen kommt.“

Jana seufzte. „Ja, es ist schade, dass ich mich nicht auch verwandeln kann.“

„Wir können uns trotzdem treffen. Du kannst doch sicher schwimmen?“

Natürlich konnte Jana das.

„Dann treffen wir uns einfach mal in einem anderen See, wo nicht so viele Menschen sind. Wir kennen da noch einige.“

Damit verabschiedeten sich die drei Meermädchen und tauchten ab.

Jana kletterte auf die Brücke, lehnte sich auf das Geländer und sah den davonschwimmenden Meermädchen nach. Sie machten kleine Freudensprünge und das spritzende Wasser glitzerte in der Sonne.

Zufrieden lehnte Jana ihren Kopf an Silberwinds Hals und streichelte seine Nase. „Schön, dass sie jetzt ihre Ruhe haben."

Silberwind schnaubte in ihre Hand. „Das hast du gut gemacht, Jana."

Sie drückte ihre Nase in sein Fell und atmete tief den wunderbaren Pferdeduft ein. „Mmh, du riechst gut", meinte sie. Dann musste sie niesen. „Hatschi! Und du staubst", beschwerte sie sich lachend. „Zeit für ein Bad."

Silberwind wieherte fröhlich. „Ich stups dich gleich in den Fluss, du freches Ding."

Jana kletterte auf seinen Rücken. „Bringst du mich zum See?"

„Natürlich. Und dann kehre ich zu Yasemin und Wirbelwind zurück."

Jana küsste ihn auf die Mähne. „Du bist ein Schatz, Silberwind.“

Das Einhorn trabte an und trug seine liebste Gefährtin sanft zum Waldsee.

Jana war erschöpft, aber dennoch sehr neugierig, was ihre Freunde inzwischen machten. Nachdem sie sich von Silberwind verabschiedet hatte, lief sie durch die Menschenmenge zum Badestrand und suchte nach den anderen.

„Merian“, rief sie. „Jörgo!“ Dann entdeckte sie alle. Sie saßen an einem Terrassentisch und ließen es sich gut gehen.

„Jana, da bist du ja!“ Merian lief auf sie zu und umarmte sie. „Hat alles gut geklappt?“

„Perfekt“, sagte Jana. „Ich soll euch alle schön grüßen.“

Jörgo holte Jana rasch ein großes Schokoladeneis, dann steckten die Freunde ihre Köpfe unter dem gepunkteten Gartenschirm zusammen und Jana erzählte, was sie erlebt hatten.

„Ach, ich hätte die Mädels zu gern gesehen“, jammerte Maja.

„Ich auch. Wie schade“, stimmte Kim zu.

Adam lachte. „Dafür habt ihr gesehen, wie filmreif Jörgo sich ins Wasser geschmissen hat. Du hast so gezappelt, Jörgo, dass sogar ich dachte, du würdest gleich im fünf Zentimeter tiefen Wasser ertrinken.“

Sie lachten und Jana sah Jörgo dankbar an.

„Wer von euch hat sich denn am Fuß verletzt?“, fragte sie.

„Das war ich“, sagte Maja. „Ich bin auf einer Bananenschale ausgerutscht.“ Sie kicherte. „Der Typ im blauen

T-Shirt hat sich sehr gewundert, dass hier eine Bananenschale herumlag, aber ich habe ihn nur unschuldig angesehen."

Jana grinste. „Ihr seid super. Ohne euch wäre es schwierig gewesen, die Mädchen rechtzeitig vorm Fest zu retten. Wart ihr denn schon im Wasser?"

„Ohne dich?“, fragte Adam empört, doch Merian pikte ihm ihren Ellbogen in die Seite.

„Tu doch nicht so“, meinte sie. „Wir mussten die Reden abwarten. Erst der Bürgermeister, dann Frau Casa. Die Leute sind erst seit ein paar Minuten im Wasser. Aber jetzt möchte ich auch. Was meinst du, Jana?“

Jana nickte. Sie brauchte dringend eine Erfrischung. „Aber nicht aus Versehen verwandeln!“, flüsterte sie Merian verschwörerisch zu.

Die grinste. „Nur, wenn da unten doch das Seeungeheuer hockt, von dem die dicke Lotte erzählt hat. Dann muss ich ihm natürlich helfen ...“

Jörgo überlegte kurz, ob er nicht lieber im flachen Teil des Sees bleiben sollte, doch dann rannten alle lachend ins kühle Wasser.

Es wurde ein wunderschöner Nachmittag. Frau Casa war äußerst zufrieden und alle Besucher begeistert. Merian, Jana und die anderen hatten eine Menge Spaß. Als das Fest endete, radelten sie nach Hause – Jana durfte auf Jörgos Gepäckträger mitfahren.

„Danke nochmals, Jörgo“, rief Jana ihm zu, als sie vor dem Haus absprang und zu Silberwind lief.

„Gerne“, meinte Jörgo und winkte, während er zum Stall fuhr.

Müde und zufrieden ging Jana zur Weide, um Silberwind eine gute Nacht zu wünschen.

Ihr wundervolles Einhorn wartete bereits am Zaun.

„Hey, Silberwind!“, rief Jana und kuschelte sich an ihn. „Geht es dir gut? Wo sind Yasemin und Wirbelwind?“

„Im magischen Wald“, erklärte das Einhorn. „Ich gehe gleich wieder zu ihnen, aber ich wollte dich noch kurz sehen.“

„Ach, du bist der Beste“, meinte Jana und drückte ihn.

Silberwind wieherte belustigt. „Natürlich nur, um den Apfel zu ergattern, den du da in deiner Tasche hast.“

Jana lachte und reichte Silberwind den Apfel, den sie bei dem Fest extra für ihn eingesteckt hatte. „Du vernaschtes kleines Einhorn!“ Sie gab ihm einen Kuss und schmiegte sich an ihn. „Ich mag dich so, Silberwind, du bist das beste und liebste Einhorn der Welt. Du bist da, wenn ich dich brauche, und ich werde auch immer für dich da sein. Wir gehören einfach zusammen – bis in alle Ewigkeit.“

Sandra Grimm schreibt seit zehn Jahren mit Begeisterung bunte, dicke, lustige, dünne, spannende, schöne und gruselige Geschichten für große und kleine Kinder.

Carolin Ina Schröter, Meisterschülerin der UdK Berlin, arbeitete als Backgroundpainter beim Zeichentrick und absolvierte eine Ausbildung zur Computerfachfrau für Multimedia. Sie illustriert Kinderbücher sowie Lern-, Spiel- und Sachsoftware und entwickelt Character und Animationen für Webseiten.

Das will ich lesen!

ISBN 978-3-7432-0867-4

ISBN 978-3-7432-0866-7

ISBN 978-3-7432-0606-9

Loewe
Das will ich lesen!